W0338811

Hebräische Balladen

in der Handschrift von
Else Lasker-Schüler

Herausgegeben und
mit einem Nachwort von
Norbert Oellers

Jüdischer Verlag

Diese Ausgabe folgt mit freundlicher Genehmigung der Deutschen Schillergesellschaft Marbach der 1986 dort erschienenen Faksimile-Ausgabe nach dem im Deutschen Literaturarchiv verwahrten Originalmanuskript. Das Nachwort von Norbert Oellers wurde für diese Ausgabe von ihm überarbeitet.

© Jüdischer Verlag im Suhrkamp Verlag
Frankfurt am Main 2000
Alle Rechte vorbehalten, insbesondere das der Übersetzung, des öffentlichen Vortrags sowie der Übertragung durch Rundfunk und Fernsehen, auch einzelner Teile.
Kein Teil des Werkes darf in irgendeiner Form (durch Fotografie, Mikrofilm oder andere Verfahren) ohne schriftliche Genehmigung des Verlages reproduziert oder unter Verwendung elektronischer Systeme verarbeitet, vervielfältigt oder verbreitet werden.
Druck: MZ-Verlagsdruckerei GmbH, Memmingen
Printed in Germany
ISBN 3-633-54165-9
Erste Auflage 2000

2 3 4 5 6 – 05 04 03 02 01

Inhalt

Handschrift

Jussufs Herz blutet für ein Volk

Mein Volk

Der Fels wird morsch,
Dem ich entspringe
Und meine Gotteslieder singe …
Jäh stürz ich vom Weg
Und riesele ganz in mir
Fernab, allein über Klagegestein
Dem Meer zu.

Hab mich so abgeströmt
Von meines Blutes
Mostvergorenheit.
Und immer, immer noch der Widerhall
In mir,
wenn schauerlich gen Ost
Das morsche Felsgebein
Mein Volk
Zu Gott schreit.

Abraham und Isaak.

Abraham baute in der Landschaft Eden
Sich eine Stadt aus Erde und aus Blatt
Und übte sich mit Gott zu reden.

Die Engel ruhten gern vor seiner frommen Hütte
Und Abraham erkannte jeden;
Himmlische Zeichen ließen ihre Flügelschritte.

Bis sie dann einmal bang in ihren Träumen
Meckern hörten die gequälten Böcke
Mit denen Isaak opfern spielte hinter
Süßholzbäumen.

☆

Und Gott ermahnte: „Abraham!! ....“
– Er brach vom Kamm des Meeres Muscheln
ab und schwamm
Hoch auf den Blöcken den Altar zu schmücken.

Und trug den einzigen Sohn gebunden auf den
Rücken
Zu werden seinem großen Herrn gerecht –
☆ Der aber liebte seinen Knecht.

Jakob

Jakob war der Büffel seiner Heerde.
Wenn er stampfte mit den Hufen
Sprühte unter ihm die Erde.

Brüllend ließ er die gescheckten Brüder,
Rannte in den Urwald an die Flüsse,
Stillte dort das Blut der Affenbisse.

Durch die müden Schmerzen in den Knöcheln
Sank er vor dem Himmel fiebernd nieder
Und sein Ochsgesicht erschuf das
Lächeln.

Esther

Esther ist schlank wie die Feldpalme
Nach ihren Lippen duften die Weizenhalme
Und die Feiertage, die in Juda fallen.

Nachts ruht ihr Herz auf einem Psalme
Die Götzen lauschen in den Hallen.

Der König lächelt ihrem Nahen entgegen
Denn überall blickt Gott auf Esther.

Die jungen Juden dichten Lieder an die Schwester
Die sie in Säulen ihres Vorraums prägen.

Pharao und Joseph

Pharao verstößt seine blühenden Weiber,
Sie duften nach den Gärten Amons.

Sein Königskopf ruht auf meiner Schulter,
Die strömt Korngeruch aus.

Pharao ist von Gold.
Seine Augen gehen und kommen
Wie schillernde Nilwellen.

Sein Herz aber liegt in meinem Blut,
Zehn Wölfe gingen an meine Tränke.

Immer denkt Pharao
An meine Brüder,
Die mich in die Grube warfen.

Säulen werden im Schlaf seine Arme
Und drohen.

Aber sein träumerisch Herz
Rauscht auf meinem Grund.

Darum dichten meine Lippen
Große Süßigkeiten,
Im Weizen unseres Morgens.

An Gott

Du wehrst den guten und den bösen Sternen nicht;
All ihre Launen strömen.
In meiner Stirne schmerzt die Furche
Die tiefe Krone mit dem düsteren Licht.

Und meine Welt ist still –
Du wehrtest meiner Laune nicht.
....Gott, wo bist du?

Ich möchte nah an deinem Herzen lauschen,
Mit deiner fernsten Nähe mich vertauschen,
Wenn goldverhüllt in deinem Reich
Aus tausendseligem Licht
Alle die guten und die bösen Brunnen rauschen.

Dem blauen Reiter Franz Marc
Fürst von Cana.

Saul

Über Juda liegt der grosse Melech wach.
Ein steinernes Kameltier trägt sein Dach.
Die Klageweiber treiben hoch und heulen.

Und ohne Leuchte sinkt die Nacht ins Grab,
Sauls voller Auge nahm zur Scheibe ab.
Die Katzen schleichen scheu um rissige Säulen.

Vor seinen Toren aber stehen die Hethiter.
— Er zwingt den Tod, den ersten Eindringling nieder —
Und schwingt mit fünfmalhunderttausend Mann die Keulen.

Der erste Saul
Kilenmelech

Moses und Josua

Als Moses im Alter Gottes war,
Nahm er den wilden Juden Josua
Und salbte ihn zum König seiner Schar.

Da ging ein Sehnen weich durch Israel –
Denn Josuas Herz erquickte wie ein Quell.
– Des Bibelvolkes Judenbild war sein Altar.

Die Mägde mochten den gekrönten Bruder gern –
Wie heiliger Dornstrauch brannte süß sein Haar;
Sein Lächeln grüßte den ersehnten Heimatstern,

Den Moses altes Sterbeauge aufgehen sah,
Als seine müde Löwenseele schrie zum Herrn.

Ruth

Und du suchest mich vor den Hecken....
Ich höre deine Schritte seufzen
Und meine Augen sind schwere, dunkle Tropfen.

In meiner Seele blühen süß deine Blicke
Und füllen sich,
wenn meine Augen in den Schlaf wandeln.

Am Brunnen meiner Heimat
Steht ein Engel,
Der singt das Lied meiner Liebe,
Der singt das Lied Ruths.

David und Jonathan

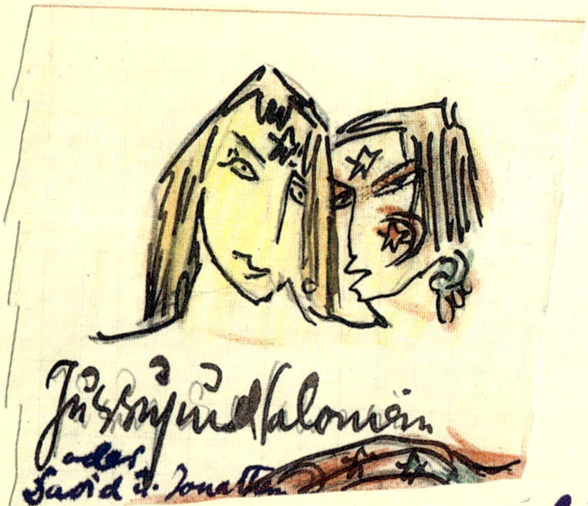

In der Bibel stehn wir geschrieben
Buntumschlungen.

Aber unsere Knabenspiele
Leben weiter im Stern.

Ich bin David,
Du mein Spielgefährte.

O, wir färbten
Unsere weißen Widderherzen rot!

Wie die Knospen an den Liebespsalmen
Unter Feiertagshimmel.

Deine Abschiedsaugen aber –
Immer nimmst du still im Kusse Abschied.

Und was soll dein Herz
Noch ohne meines

Deine Süßnacht
Ohne mein Lieder –

Zebaoth

Gott ich liebe dich in deinem Rosenkleide,
wenn du aus deinen Gärten trittst, Zebaoth,
O, du Gottjüngling,
Du Dichter,
Ich trinke einsam von deinen Düften.

Meine erste Blüte Blut sehnte sich nach dir,
So komme doch,
Du süßer Gott,
Du Gespiele Gott
Deines Tores Gold schmilzt an meiner Sehnsucht.

Jakob und Esau

Rebekkas Magd ist eine himmlische Fremde,
Aus Rosenblättern trägt die Engelin ein Hemde
Und einen Stern im Angesicht.

Und immer blickt sie auf zum Licht,
Und ihre sanften Hände lesen
Aus goldenen Linsen ein Gericht.

Jakob und Esau blühn an ihrem Wesen
Und streiten um die Süßigkeiten nicht,
Die sie in ihrem Schoß zum Mahle bricht.

Der Bruder läßt dem jüngeren die Jagd
Und all sein Erbe für den Dienst der Magd
Um seine Schultern schlägt er wild das Dickicht

Abel

Kains Augen sind nicht gottwohlgefällig,
Abels Angesicht ist ein goldener Garten,
Abels Augen sind Nachtigallen.

Immer singt Abel so hell
Zu den Saiten seiner Seele,
Aber durch Kains Leib führen die Gräben der Stadt.

Und er wird seinen Bruder erschlagen –
Abel, Abel, dein Blut färbt den Himmel tief.

Wo ist Kain, da ich ihn stürmen will:
Hast du die Süßvögel erschlagen
In deines Bruders Angesicht?

Durch dein dumpfes Herz
Klagt Abels flatternde Seele.
Warum hast du deinen Bruder erschlagen, Kain?!

Sulamith

O, ich lernte an deinem süßen Munde
Zuviel der Seligkeiten kennen!
Schon fühl ich die Lippen Gabriels
Auf meinem Herzen brennen ....
Und die Nachtwolke trinkt
Meinen tiefen Cederntraum.
O, wie dein Leben mir winkt!
Und ich vergehe
Mit blühendem Herzeleid
Und verwehe im Weltraum,
In Zeit,
In Ewigkeit,
Und meine Seele verglüht in den Abendfarben
Jerusalems.

Boas

Ruth sucht überall
Nach goldenen Kornblumen
An den Hütten der Brothüter vorbei –

Bringt süßen Sturm
Und glitzernde Spielerei
Über Boas Herz;

Das wogt ganz hoch
In seinen Korngärten 
Der fremden Schnitterin zu.

Im Anfang

Hing an einer goldenen Lenzwolke
Als die Welt noch Kind war,
Und Gott noch junger Vater war.
Schaukelte hei!
Auf dem Ätherei,
Und meine Wollhärchen flatterten ringelrei.
Neckte den wackelnden Mondgroßpapa,
Naschte Sonne der Goldmama,
In den Himmel sperrte ich Satan ein
Und Gott in die rauchende Hölle.
Die drohten mit ihren größten Finger
Und haben „Klumbumm! Klumbumm!" gemacht
Und es sausten die Peitschenwinde!
Doch Gott hat nachher zwei Donner
Mit dem Teufel über meine Todsünde gelacht.
Würde 10 000 Erdglück geben,
Noch einmal so gottgeboren zu leben,
So gottgeborgen, so offenbar.
Ja! Ja!
Als ich noch Gottes Schlingel war!

Versöhnung

Es wird ein grosser Stern in unsren
Schoss fallen…
Wir wollen wachen die Nacht,

In den Sprachen beten
Die wie Harfen eingeschnitten sind.

Wir wollen uns versöhnen die Nacht –
So viel Gott strömt über.

Kinder sind unsere Herzen
Die möchten ruhen müdesüss.

Und unsere Lippen wollen sich küssen,
– Was zagst du?

Grenzt nicht mein Herz an deins –
Immer färbt dein Blut meine Wangen
rot.

Wir wollen uns versöhnen die Nacht,
Wenn wir uns herzen, sterben wir nicht.

Es wird ein grosser Stern in unsren Schoss
fallen.

Diese frommen hebräischen
Gedichte unserer lieben asiatischen Prinzessin
Lucie von Goldschmidt-Rothschild
zur Verlobung u. der Gründung eidgenössisch von
dem Prinzen von Theben.

Leila

So liebe ich dich schwarz in Theben, so sagen alle meine bösesten Menschen in meiner Stadt, wenn sie ehrfürchtig von dir reden. Freut dich das? ?

Ja, du bist die einzige wahre lebende Prinzessin im Lande und gleichen meinen Schwestern so liebe ich dich

Jussuf

Dieses uralte Bild sah ich in einer Bibliothek und raubte es heute Nacht mit der Gefahr meines Lebens

atarahunn
tu usi katlii
hamal nahu,
fi chafi, ila
at kullu man la-
elfagiri almu-
araba' in ja'
elmadinatika
isa, iha
allati,
su
alladi,
assama'

Gedichte in Transkription

Mein Volk

Der Fels wird morsch,
Dem ich entspringe
Und meine Gotteslieder singe …
Jäh stürz ich vom Weg
Und riesele ganz in mir
Fernab, allein über Klagegestein
Dem Meer zu.

Hab mich so abgeströmt
Von meines Blutes
Mostvergorenheit.
Und immer, immer noch der Widerhall
In mir,
Wenn schauerlich gen Ost
Das morsche Felsgebein
Mein Volk
Zu Gott schreit.

Abraham und Isaak.

Abraham baute in der Landschaft Eden
Sich eine Stadt aus Erde und aus Blatt
Und übte sich mit Gott zu reden.

Die Engel ruhten gern vor seiner frommen Hütte
Und Abraham erkannte jeden;
Himmlische Zeichen ließen ihre Flügelschritte.

Bis sie dann einmal bang in ihren Träumen
Meckern hörten die gequälten Böcke
Mit denen Isaak opfern spielte hinter Süßholzbäumen.

Und Gott ermahnte: »Abraham!! ....«
— Er brach vom Kamm des Meeres Muscheln ab und Schwamm
Hoch auf den Blöcken den Altar zu schmücken.

Und trug den einzigen Sohn gebunden auf den Rücken
Zu werden seinem großen Herrn gerecht —
Der aber liebte seinen Knecht.

Jakob

Jakob war der Büffel seiner Heerde.
Wenn er stampfte mit den Hufen
Sprühte unter ihm die Erde.

Brüllend ließ er die gescheckten Brüder,
Rannte in den Urwald an die Flüsse,
Stillte dort das Blut der Affenbisse.

Durch die müden Schmerzen in den Knöcheln
Sank er vor dem Himmel fiebernd nieder
Und sein Ochsgesicht erschuf das Lächeln.

Esther

Esther ist schlank wie die Feldpalme
Nach ihren Lippen duften die Weizenhalme
Und die Feiertage, die in Juda fallen.

Nachts ruht ihr Herz auf einem Psalme
Die Götzen lauschen in den Hallen.

Der König lächelt ihrem Nahen entgegen –
Denn überall blickt Gott auf Esther.

Die jungen Juden dichten Lieder an die Schwester
Die sie in Säulen ihres Vorraums prägen.

Pharao und Joseph

Pharao verstößt seine blühenden Weiber,
Sie duften nach den Gärten Amons.

Sein Königskopf ruht auf meiner Schulter,
Die strömt Korngeruch aus.

Pharao ist von Gold.
Seine Augen gehen und kommen
Wie schillernde Nilwellen.

Sein Herz aber liegt in meinem Blut;
Zehn Wölfe gingen an meine Tränke.

Immer denkt Pharao
An meine Brüder,
Die mich in die Grube warfen.

Säulen werden im Schlaf seine Arme
Und drohen.

Aber sein träumerisch Herz
Rauscht auf meinem Grund.

Darum dichten meine Lippen
Große Süßigkeiten,
Im Weizen unseres Morgens.

An Gott

Du wehrst den guten und den bösen Sternen nicht;
All ihre Launen strömen.
In meiner Stirne schmerzt die Furche,
Die tiefe Krone mit dem düsteren Licht.

Und meine Welt ist still –
Du wehrtest meiner Laune nicht.
.... Gott, wo bist du?

Ich möchte nah an deinem Herzen lauschen,
Mit deiner fernsten Nähe mich vertauschen,
Wenn goldverklärt in deinem Reich
Aus tausendseligem Licht
Alle die guten und die bösen Brunnen rauschen.

Saul

Dem blauen Reiter Franz Marc
Fürst von Cana.

Über Juda liegt der große Melech wach.
Ein steinernes Kameltier trägt sein Dach.
Die Klageweiber treiben hoch und heulen.

Und ohne Leuchte sinkt die Nacht ins Grab,
Sauls volles Auge nahm zur Scheibe ab.
Die Katzen schleichen scheu um rissige Säulen.

Vor seinen Toren aber stehen die Hethiter.
— Er zwingt den Tod, den ersten Eindring nieder —
Und schwingt mit fünfmalhunderttausend Mann die Keulen.

Moses und Josua

Als Moses im Alter Gottes war,
Nahm er der wilden Juden Josua
Und salbte ihn zum König seiner Schar.

Da ging ein Sehnen weich durch Israel —
Denn Josuas Herz erquickte wie ein Quell.
— Des Bibelvolkes Judenleib war sein Altar.

Die Mägde mochten den gekrönten Bruder gern —
Wie heiliger Dornstrauch brannte süß sein Haar;
Sein Lächeln grüßte den ersehnten Heimatstern,

Den Moses altes Sterbeauge aufgehn sah,
Als seine müde Löwenseele schrie zum Herrn.

Ruth

Und du suchst mich vor den Hecken ....
Ich höre deine Schritte seufzen
Und meine Augen sind schwere, dunkle Tropfen.

In meiner Seele blühen süß deine Blicke
Und füllen sich,
Wenn meine Augen in den Schlaf wandeln.

Am Brunnen meiner Heimat
Steht ein Engel,
Der singt das Lied meiner Liebe,
Der singt das Lied Ruths.

David und Jonathan

In der Bibel stehn wir geschrieben
Buntumschlungen.

Aber unsere Knabenspiele
Leben weiter im Stern.

Ich bin David,
Du mein Spielgefährte.

O, wir färbten
Unsere weißen Widderherzen rot!

Wie die Knospen an den Liebespsalmen
Unter Feiertagshimmel.

Deine Abschiedsaugen aber –
Immer nimmst du still im Kusse Abschied.

Und was soll dein Herz
Noch ohne meines

Deine Süßnacht
Ohne meine Lieder –

Zebaoth

Gott ich liebe dich in deinem Rosenkleide,
Wenn du aus deinen Gärten trittst, Zebaoth,
O, du Gottjüngling,
Du Dichter,
Ich trinke einsam von deinen Düften.

Meine erste Blüte Blut sehnte sich nach dir,
So komme doch,
Du süßer Gott,
Du Gespiele Gott,
Deines Tores Gold schmilzt an meiner Sehnsucht.

Jakob und Esau

Rebekkas Magd ist eine himmlische Fremde,
Aus Rosenblättern trägt die Engelin ein Hemde
Und einen Stern im Angesicht.

Und immer blickt sie auf zum Licht,
Und ihre sanften Hände lesen
Aus goldenen Linsen ein Gericht.

Jakob und Esau blühn an ihrem Wesen
Und streiten um die Süßigkeiten nicht,
Die sie in ihrem Schoß zum Mahle bricht.

Der Bruder läßt dem jüngeren die Jagd
Und all sein Erbe für den Dienst der Magd;
Um seine Schultern schlägt er wild das Dickicht.

Abel

Kains Augen sind nicht gottwohlgefällig,
Abels Angesicht ist ein goldener Garten,
Abels Augen sind Nachtigallen.

Immer singt Abel so hell
Zu den Saiten seiner Seele,
Aber durch Kains Leib führen die Gräben der Stadt.

Und er wird seinen Bruder erschlagen —
Abel, Abel, dein Blut färbt den Himmel tief.

Wo ist Kain, da ich ihn stürmen will:
Hast du die Süßvögel erschlagen
In deines Bruders Angesicht?

Durch dein dumpfes Herz
Klagt Abels flatternde Seele.
Warum hast du deinen Bruder erschlagen, Kain??

Sulamith

O, ich lernte an deinem süßen Munde
Zuviel der Seligkeiten kennen!
Schon fühl ich die Lippen Gabriels
Auf meinem Herzen brennen ....
Und die Nachtwolke trinkt
Meinen tiefen Cederntraum.
O, wie dein Leben mir winkt!
Und ich vergehe
Mit blühendem Herzeleid
Und verwehe im Weltraum,
In Zeit,
In Ewigkeit,
Und meine Seele verglüht in den Abendfarben
Jerusalems.

Boas

Ruth sucht überall
Nach goldenen Kornblumen
An den Hütten der Brothüter vorbei –

Bringt süßen Sturm
Und glitzernde Spielerei
Über Boas Herz;

Das wogt ganz hoch
In seinen Korngärten
Der fremden Schnitterin zu.

Im Anfang

Hing an einer goldenen Lenzwolke
Als die Welt noch Kind war,
Und Gott noch junger Vater war.
Schaukelte, hei!
Auf dem Ätherei,
Und meine Wollhärchen flatterten ringelrei.
Neckte den wackelnden Mondgroßpapa,
Naschte Sonne der Goldmama,
In den Himmel sperrte ich Satan ein
Und Gott in die rauchende Hölle.
Die drohten mit ihrem größten Finger
Und haben »klumbumm! klumbumm« gemacht
Und es sausten die Peitschenwinde!
Doch Gott hat nachher zwei Donner gelacht
Mit dem Teufel über meine Todsünde.
Würde 10 000 Erdglück geben,
Noch einmal so gottgeboren zu leben,
So gottgeborgen, so offenbar.
                                        Ja! Ja!
Als ich noch Gottes Schlingel war!

Versöhnung

Es wird ein großer Stern in meinen Schoß fallen ...
Wir wollen wachen die Nacht,

In den Sprachen beten
Die wie Harfen eingeschnitten sind.

Wir wollen uns versöhnen die Nacht –
So viel Gott strömt über.

Kinder sind unsere Herzen
Die möchten ruhen müdesüß.

Und unsere Lippen wollen sich küssen,
– Was zagst du?

Grenzt nicht mein Herz an deins –
Immer färbt dein Blut meine Wangen rot.

Wir wollen uns versöhnen die Nacht,
Wenn wir uns herzen, sterben wir nicht.

Es wird ein großer Stern in meinen Schoß fallen.

Nachwort

Wer war Leila? »[…] die einzige, wahre lebende Prinzessin im Lande«, sagt Else Lasker-Schüler.[1] In welchem Lande? In dem der Phantasie, des Traums, der Poesie: in der Stadt Theben, in der die Dichterin als Prinz Jussuf die Welt erfuhr und sich anverwandelte. Der Prinz macht der Prinzessin ein Geschenk: siebzehn handgeschriebene Gedichte, von denen sechzehn als *Hebräische Balladen* gedruckt vorlagen, als sie zum Geschenk neu geordnet wurden. Das siebzehnte Gedicht, das allen späteren Auflagen der Gedichtsammlung hinzugefügt wurde, bildet in der Handschrift auch keine Neuigkeit; es war einige Zeit vorher in einer Monatsschrift erschienen.
Die Widmung unter dem letzten Gedicht sagt, wem Else Lasker-Schüler den Namen Leila gegeben hat: »Diese frommen hebräischen Gedichte meiner lieben asiatischen Prinzessin Lucie von Goldschmidt-Rothschild zur Verlobung und Glücksewigkeit vom Prinzen Jussuf von Theben.« Die Biographie der Beschenkten hat sich der interessierten Nachwelt bisher kaum erschlossen, vor allem ihre Beziehung zu Else Lasker-Schüler liegt fast gänzlich im dunkeln.[2]
Lucie (oder Lucy) Georgine Leontine von Goldschmidt-Rothschild wurde 1891 in Frankfurt am Main geboren. Sie war die Tochter des Bankiers Maximilian Benedikt Hayum von Goldschmidt (1843-1940), eines k. u. k. Generalkonsuls und zeitweiligen Mitglieds des Preußischen Herrenhauses, der 1878 Minna Caroline von Rothschild (1857-1903) geheiratet und damit den Doppelnamen Goldschmidt-Rothschild angenommen hatte. Lucie ver-

1 So heißt es am Schluß der Handschrift.

2 In den Briefen Else Lasker-Schülers, die bisher bekannt geworden sind, wird Lucie von Goldschmidt-Rothschild nur in einem — von Geldproblemen handelnden — Brief an Karl Kraus vom 19. Mai 1917 erwähnt. In dem Brief heißt es: »Einmal schickte mir Lucie von Goldschmidt-Rothschild Geld […].« Und im Postscriptum desselben Briefs: »Wollen Sie mit Baron Spiegel sprechen? Ich glaube der wäre gut […]. Die Lucie v. G. R. ist die *einzige* Prinzessin unter den reichen Menschen.« (Nach freundlicher Mitteilung von Dr. Karl Jürgen Skrodzki.)

mählte sich 1917[3] mit dem österreichischen Diplomaten i. D.[4] Edgar Spiegl (1876-1931), der wie sein gleichnamiger Vater (1839-1908) – der langjährige Herausgeber des *Illustrierten Wiener Extrablatts* – den Adelsnamen »Edler von Thurnsee« trug. Eine Heiratskaution in Höhe von 100 000 Mark sollte der Spiegl-Ehe Festigkeit geben.[5]

Über Spiegl ist nur wenig mehr bekannt als über Lucie von Goldschmidt-Rothschild: Einige Stationen seiner diplomatischen Laufbahn lassen sich ermitteln,[6] außerdem: daß er mit Hofmannsthal recht gut, mit Rilke flüchtig bekannt war; schließlich: daß ihn Jakob Wassermann in dem Roman *Christian Wahnschaffe* (1919), wenigstens nach Spiegls eigener Ansicht, nicht sehr vorteilhaft porträtiert hat.[7]

Lucy Spiegl starb 1977 in Lausanne. Da ihre Ehe kinderlos geblieben war, gelangten Verwandte zweiten Grades in den Besitz ihrer Hinterlassenschaft, aus der im Februar 1979 das Verlobungsgeschenk Else Lasker-Schülers bei Stargardt versteigert wurde: »Eigenhändiges Gedichtmanuskript mit Titelzeichnung. 18 S. folio. Auf Kartonblättern, in schlichtem Pergamentband mit rotem Rückenschild.«[8] Den Band konnte das Deutsche Literaturarchiv in Marbach erwerben. Die vorliegende Ausgabe macht ihn der Öffentlichkeit zugänglich.

Wann und wo sich Else Lasker-Schüler und die zweiundzwanzig Jahre jüngere Lucie von Goldschmidt-Rothschild zuerst begegnet sind, wie lange ihre Beziehung dauerte und wie intensiv sie gewesen ist, ließ sich bisher nicht er-

3 Nach einer Auskunft des Jüdischen Museums in Frankfurt am Main hat sich Lucie von Goldschmidt-Rothschild am 20. Juli 1917 verheiratet nach Wien gemeldet.

4 i. D. = in Disponibilität. – Spiegl hatte schon im April 1910 den Antrag an das Wiener Außenministerium gestellt, wegen privater Angelegenheiten und aus Gesundheitsgründen »in Disponibilität« versetzt zu werden; dem Antrag war stattgegeben worden. (Nach freundlicher Mitteilung von Sebastian Meissl, Wien, an Frau Dr. Ingrid Belke, Marbach, vom 12. März 1986.)

5 Nach Mitteilung von Sebastian Meissl (vgl. Anm. 4).

6 1901-1903 war Spiegl am österreichischen Konsulat in Kairo tätig; die weiteren Stationen: Triest, London, Berlin. (Nach Mitteilung von Sebastian Meissl; vgl. Anm. 4.)

7 Vgl. dazu Carl J. Burckhardt an Hugo von Hofmannsthal, [Mitte] 1926 (Hugo von Hofmannsthal/Carl J. Burckhardt, *Briefwechsel*, hrsg. von Carl J. Burckhardt, Frankfurt am Main 1956, S. 202-208).

8 J. A. Stargardt, *Autographen-Katalog 617* (Auktion vom 20. und 21. Februar 1979), S. 72, Nr. 201.

mitteln. Vage Hinweise, daß die beiden »zeitweise sehr eng« miteinander verbunden gewesen seien,[9] konnten durch keine genaueren Erkenntnisse bestätigt oder widerlegt werden. Daß dem zuerst 1905 veröffentlichten Gedicht »Ruth« im dritten Druck der *Hebräischen Balladen* (erschienen 1917 als erster Zyklus der *Gesammelten Gedichte*) die Widmung »Der Leila: Lucie von Goldschmidt-Rothschild« hinzugesetzt wurde, ist als isoliertes Zeugnis der Verbindung beider Frauen ohne großes Gewicht, mag aber nun im Zusammenhang mit dem Verlobungsgeschenk Else Lasker-Schülers für Lucie von Goldschmidt-Rothschild ›bedeutend‹ erscheinen.
Datum und Ort der Verlobung ließen sich bisher ebenfalls nicht feststellen. So kann es über den Zeitpunkt der Niederschrift der *Hebräischen Balladen* in der vorliegenden Fassung nur Vermutungen geben. Das Gedicht »Saul« war zuerst im Februarheft 1915 der Zeitschrift *Die weißen Blätter* erschienen, und zwar ohne Widmung. In dem Exemplar für Lucie von Goldschmidt-Rothschild ist das Gedicht »Dem blauen Reiter Franz Marc Fürst von Cana« gewidmet. (1917, im dritten Druck der *Hebräischen Balladen*, lautet die Widmung: »Meinem blauen, blauen Reiter Franz Marc«.) Daß nur dieses Gedicht »Saul« in der ›Geschenk-Fassung‹ des Zyklus eine Widmung erhalten hat, läßt die Vermutung zu, daß die Dichterin zur Zeit der Niederschrift einen besonderen Anlaß hatte, sich des Freundes, der 1914 in den Krieg gezogen war, zu erinnern. Franz Marc war am 4. März 1916 vor Verdun gefallen. Vielleicht haben sich Lucie von Goldschmidt-Rothschild und Edgar Spiegl im zweiten Quartal des Jahres 1916 verlobt?

Zur Geschichte der Überlieferung der *Hebräischen Balladen* sei in Kürze dieses gesagt:[10] Ende 1912 – mit der Jahreszahl 1913 – war der Gedichtzyklus im Berliner A.R. Meyer Verlag zuerst erschienen – fünfzehn Gedichte,

9 So Klaus Mecklenburg (Marburg) in einem Brief an den Herausgeber vom 8. Juli 1986. Vgl. auch Anm. 2.

10 Weitere Angaben in: Else Lasker-Schüler, *Werke und Briefe*. Kritische Ausgabe. Im Auftrag des Franz Rosenzweig-Zentrums der Hebräischen Universität Jerusalem, der Bergischen Universität Wuppertal und des Deutschen Literaturarchivs Marbach am Neckar hrsg. von Norbert Oellers, Heinz Rölleke und Itta Shedletzky, Bd. 1.2: *Gedichte (Anmerkungen)*, bearbeitet von Karl Jürgen Skrodzki unter Mitarbeit von Norbert Oellers, Frankfurt am Main 1996, S. 8-10, 21 f., 25 f. und 32. – Der Text der *Hebräischen Balladen* (nach der zweiten vermehrten Auflage) in Bd. 1.1 der Kritischen Ausgabe, S. 155-167.

die in den Jahren 1901-1912 entstanden sind und zum größten Teil schon mancherorts publiziert worden waren. Nur die Gedichte »Abraham und Isaak« und »Jakob« wurden in der Sammlung zum erstenmal veröffentlicht. Die Anordnung der Gedichte richtete sich weder nach der Entstehungsgeschichte noch nach der biblischen Chronologie; sie scheint, wenn nicht willkürlich, so doch auch nicht zwingend erfolgt zu sein. Andernfalls müßte die Fassung von 1917, für die fast alle Gedichte umgestellt wurden, als eigenes Werk angesehen werden, das es zweifellos nicht ist.

Die vermutlich sehr geringe (weil nur in wenigen Exemplaren erhaltene) erste Auflage der *Hebräischen Balladen* scheint schnell vergriffen gewesen zu sein, denn nach ungefähr einem Jahr — wahrscheinlich schon Ende 1913[11] — brachte der A. R. Meyer Verlag eine »Zweite vermehrte Auflage« heraus, in der den fünfzehn Gedichten, die in unveränderter Reihenfolge und ohne nennenswerte Varianten erschienen, zwei Gedichte angefügt wurden, von denen das erste, »Moses und Josua«, im Juli 1913 im *Simplicissimus* veröffentlicht worden war, während das zweite, »Im Anfang«, der frühen Gedichtsammlung *Styx* (1902) entstammte.

Die Überlieferungsgeschichte der *Hebräischen Balladen* kennt nun als weitere Stufe das Verlobungsgeschenk des Zyklus für Lucie von Goldschmidt-Rothschild. In diese Fassung ist das Gedicht »Saul« neu aufgenommen, während ein Gedicht, das sich in allen von der Dichterin autorisierten Ausgaben findet, hier fehlt: »Eva« (erschienen zuerst 1905 in der Gedichtsammlung *Der siebente Tag*), ein schönes Liebesgedicht, in dem die für die *Hebräischen Balladen* charakteristische Zusammenfügung (Verschmelzung in wechselseitiger ›Aufhebung‹) von Gott und Welt, Liebe und Religion, Zeit und Ewigkeit besonders anschaulich erscheint: »Du hast deinen Kopf tief über mich gesenkt, / Deinen Kopf mit den goldenen Lenzhaaren, / Und deine Lippen sind von rosiger Seidenweichheit, / Wie die Blüten der Bäume Edens waren. // [...].« Darüber, ob das Gedicht versehentlich oder absichtlich in der vorliegenden Fassung fehlt, wird schwerlich durch Spekulation Klarheit zu gewinnen sein.

11 Für das Jahr 1913 spricht, daß die Anzeige der *Lyrischen Flugblätter* im Anhang der zweiten Auflage der *Hebräischen Balladen* ausschließlich Titel anführt (insgesamt siebzehn), die 1912 und 1913 erschienen sind. Vgl. auch die Verlagsanzeige in der *Fackel* vom 21. Januar 1914 (Innenseite des vorderen Einbandblattes).

Reihenfolge in 2. Aufl. (1913/14)		Platz / Reihenfolge im hs. Ex. (1915/16?)	Platz in 2. Aufl.
1. Mein Volk	(1.)	1. Mein Volk	(1.)
2. Abraham und Isaak	(2.)	2. Abraham und Isaak	(2.)
3. Jakob	(3.)	3. Jakob	(3.)
4. Esther	(4.)	4. Esther	(4.)
5. Pharao und Joseph	(5.)	5. Pharao und Joseph	(5.)
6. An Gott	(6.)	6. An Gott	(6.)
7. Ruth	(9.)	7. Saul	(–)
8. David und Jonathan	(10.)	8. Moses und Josua	(16.)
9. Eva	(–)	9. Ruth	(7.)
10. Zebaoth	(11.)	10. David und Jonathan	(8.)
11. Jakob und Esau	(12.)	11. Zebaoth	(10.)
12. Abel	(13.)	12. Jakob und Esau	(11.)
13. Sulamith	(14.)	13. Abel	(12.)
14. Boas	(15.)	14. Sulamith	(13.)
15. Versöhnung	(17.)	15. Boas	(14.)
16. Moses und Josua	(8.)	16. Im Anfang	(17.)
17. Im Anfang	(16.)	17. Versöhnung	(15.)

Nicht allein durch die Hinzufügung eines Gedichts und durch die Weglassung eines anderen zeichnet sich das Leila-Exemplar der *Hebräischen Balladen* gegenüber der vorangegangenen Druckfassung aus, sondern auch durch die Umstellung einiger Gedichte. Die vorstehende Übersicht soll einen leichten Vergleich der Reihenfolgen ermöglichen. Die Verschiebungen der Gedichte untereinander sind nicht sonderlich gravierend und lassen sich wohl so begründen: Die Dichterin wollte die in der zweiten Auflage ›angehängten‹ Gedichte »Moses und Josua« und »Im Anfang« ebenso wie »Saul«, die neueste der Balladen, in das Ganze der Sammlung derart integrieren, daß die ursprüngliche Einheit des Verschiedenen (ältere und neuere Gedichte, Stoffe aus früheren und späteren Zeiten in unter logischen Gesichtspunkten beliebig anmutender, poetisch aber notwendiger Abfolge) wiederhergestellt wurde. Andere Plazierungen der gegenüber der ersten Auflage neuen Gedichte in das Leila-Exemplar lassen sich freilich auch als sinnvoll ausdenken, wenngleich *eine* Reihenfolge nicht in Betracht gezogen werden sollte: die nach den Entstehungsdaten der Gedichte. Wenn die Dichterin in ihrer präzise zu beschreibenden ›Entwicklung‹ von »Sulamith« (1901) bis »Saul« (1915) präsentiert würde, wenn die Veränderungen von Sprache, Ton und Bildern erschienen, als seien sie Funktionen einer Lebensgeschichte, dann könnte der Zyklus nicht nur die Bedeutung seiner Struktur einbüßen, sondern auch den Sinn des Nichtgesagten verlieren: daß entschlüsselte Geheimnisse zum Leben so wenig taugen wie nicht erkannte. Die Ordnung durch Zahlen, die leicht Kolonnen werden, war der Dichterin unerträglich. Gegen die Ordnung der ersten und zweiten Auflage der *Hebräischen Balladen*, die sich im wesentlichen auch in dem Exemplar für Lucie von Goldschmidt-Rothschild findet, lief die Dichterin in der Gedichtsammlung von 1917, die im Leipziger Verlag der Weißen Bücher erschien, geradezu Sturm: Kein einziges Gedicht behielt seinen Platz im Zusammenhang der ursprünglich vorangehenden und nachfolgenden Gedichte. Die folgende Übersicht mag dies verdeutlichen.

Reihenfolge im hs. Ex. (1915/16?)	Platz /	Reihenfolge in *Ges. Gedichte* (1917)	Platz im hs. Ex.
1. Mein Volk	(2.)	1. Versöhnung	(17.)
2. Abraham und Isaak	(15.)	2. Mein Volk	(1.)
3. Jakob	(18.)	3. Boas	(15.)
4. Esther	(4.)	4. Esther	(4.)
5. Pharao und Joseph	(8.)	5. An Gott	(6.)
6. An Gott	(5.)	6. Jakob und Esau	(12.)
7. Saul	(11.)	7. Abel	(13.)
8. Moses und Josua	(12.)	8. Pharao und Joseph	(5.)
9. Ruth	(10.)	9. David und Jonathan	(10.)
10. David und Jonathan	(9.)	10. Ruth	(9.)
11. Zebaoth	(14.)	11. Saul	(7.)
12. Jakob und Esau	(6.)	12. Moses und Josua	(8.)
13. Abel	(7.)	13. Im Anfang	(16.)
14. Sulamith	(17.)	14. Zebaoth	(11.)
15. Boas	(3.)	15. Abraham und Isaak	(2.)
16. Im Anfang	(13.)	16. Eva	(–)
17. Versöhnung	(1.)	17. Sulamith	(14.)
		18. Jakob	(3.)

Die Gründe für die Umstellungen zu erkennen erforderte eine sorgfältige Interpretation aller Gedichte, die hier nicht geleistet werden kann. Nur selten sind die Intentionen der Dichterin so offenkundig wie im Falle von »Versöhnung«: Indem das letzte Gedicht an den Anfang rückt, wird aus der Verheißung für spätere Zeit (»Wir wollen uns versöhnen die Nacht, / Wenn wir uns herzen, sterben wir nicht«) die Ankündigung einer durch die Poesie unmittelbar erreichten Erfüllung des Versöhnungs-Versprechens. – In den meisten Fällen geben die Änderungen der Gedichte-Abfolge keinen deutlichen Aufschluß über das, was die Dichterin damit bezweckte. Es ist fraglich, ob sie den Sinn der Eingriffe selbst hätte angeben können — er mag sich in der Tatsache erschöpfen, daß die Eingriffe überhaupt vorgenommen wurden. Damit ist der Interpret nicht gehindert, verschiedene Bedeutungsmöglichkeiten aufzudecken: Die Einsicht in die Unzugänglichkeit des poetischen Erlebens und Verfahrens Else Lasker-Schülers, die Fremdheit ihrer sprunghaft-willkürlich-intuitiven Behandlung eigener Gedanken und Bilder schafft den Freiraum für viele ›stimmige‹ Auslegungen, für die es keinen kongenialen Leser geben kann. Diese ›Offenheit‹ im Umgang mit den *Hebräischen Balladen* darf natürlich nicht zu einem Verzicht auf die philologische Detail-Analyse einzelner Gedichte führen, aber diese sollte immer nur als — freilich notwendige — Verständnishilfe und nicht als Deutung selbst angesehen werden.

Aber es genügt nicht zum Verständnis, wenn eine Quintessenz wie die folgende gezogen wird: »Ein Gedicht wie das Gedicht Mein Volk aus den Hebräischen Balladen ist in seiner Vollkommenheit eine so völlige Verschmelzung des Jüdischen und des Deutschen, der Ausdruck einer wirklichen Seinsgemeinschaft auf höchster Stufe, daß es auf beiden Seiten, sofern die Kunst bei uns überhaupt etwas zu sagen hätte, auch politische Folgen würde gehabt haben können.«[12] Zu zeigen wäre im einzelnen: wie das auserwählte Volk Gottes, das jüdische Volk, das Volk der Dichterin, ein Fels einst und noch immer (aber anders als der Fels, auf dem Christus seine Kirche errichtete), morsch geworden ist (wie ein Baum), ein Felsgebein, das zu seinem Gott (um Hilfe?) schreit, während einer davonspringt, sich dünnmacht,

12 Gottfried Benn in einer 1952 gehaltenen Rede auf Else Lasker-Schüler (Gottfried Benn, *Gesammelte Werke in acht Bänden*, hrsg. von Dieter Wellershoff, München 1975, Bd. 4, S. 1103).

fortrieselt, begleitet von (eigenen?) Klagen bis hin zur Auflösung im Großen — der Widerhall des Schreis bleibt; der Morschheit des Felsens korrespondiert wohl die »Mostvergorenheit«, die Trübheit (?) des alten (jüdischen) Blutes, aus dem sich einer »abgeströmt« hat, um durchs Enge ins Weite zu gelangen; wie sich die Bewegung vollzieht: entspringend, stürzend, rieselnd; wie sich verschränken und entgegensetzen: Gotteslieder und Widerhall des Schreis, Gesang und Klage, die Nähe der Ferne (»ganz in mir / Fernab«) und das von ferne Nahe (»der Widerhall / In mir«). Solches und anderes (wie die Behandlung von Metrum und Reim) wären beschreibend zu zeigen, um eine Deutung vorzubereiten. Könnte diese dann wohl dazu kommen, das Gedicht als Musterbeispiel für die »Verschmelzung des Jüdischen und des Deutschen« zu erkennen? Ist es nicht vielmehr die Klage über die durch die historische Entwicklung notwendig gewordene Trennung eines Menschen von seinem Ursprung? die Klage über das Alleinsein, das nur durch die Selbstaufgabe beendet werden kann? die Klage über den Zwang, vom Gesetz abzufallen (»Jäh stürz ich vom Weg«), um nicht schuldig werden zu müssen? nicht schreien zu müssen zu Gott, da diesem doch Lieder zukommen?
Zur Erhellung des einen Gedichts wären andere Gedichte heranzuziehen, »An Gott« etwa, in dem das Ich der äußerste Teil Gottes werden möchte und sich vorstellt, wer Gott sei, daß es so werde: der »den guten und den bösen Sternen« nicht wehrt und »die guten und die bösen Brunnen rauschen« läßt in seinem Reich. — Welches Gottesbild hat die weit entrückte Dichterin? Einmal (zur Zeit der Entstehung des Gedichts »Mein Volk«) sah es sich so an: »Gott ich liebe dich in deinem Rosenkleide, / Wenn du aus deinen Gärten trittst, Zebaoth, / O, du Gottjüngling / Du Dichter, / Ich trinke einsam von deinen Düften.« (»Zebaoth«, v. 1-5.)

Die *Hebräischen Balladen* in der Fassung von 1917 sind die unmittelbare Vorstufe der »Ausgabe letzter Hand«. Zwar kam in dem 1919 bei Kurt Wolff erschienenen Band der gesammelten Gedichte noch ein weiteres »David und Jonathan«-Gedicht hinzu, und der ein Jahr später von Paul Cassirer verlegte Band der *Hebräischen Balladen* enthält als letzten Zuwachs des nun auf zwanzig Balladen gebrachten Zyklus das Gedicht »Hagar und Ismael«, aber an der für die Ausgabe von 1917 festgelegten Reihenfolge der dort achtzehn Gedichte änderte sich nichts mehr.
Nicht weniger als dreimal (in den beiden Ausgaben des Kurt Wolff Verlages

von 1919 und 1920 sowie in der Cassirer-Ausgabe von 1920) hat Else Lasker-Schüler die Anordnung der *Hebräischen Balladen* von 1917 bestätigt. Es muß daher befremden, daß spätere Editoren die Ordnung nach eigenem Gutdünken veränderten, aus der Sammlung Gedichte aussortierten und neue hinzufügten — als hätten sie das Testament der Dichterin zu formulieren kraft höherer poetischer Einsichten.[13] Die vorliegende Veröffentlichung erlaubt dem Leser den unmittelbaren Zugang zur Praxis der Dichterin in einem bestimmten Punkt ihrer Entwicklung. Der Zugang soll nicht durch gelehrtes oder halbgelehrtes Beiwerk erschwert werden. Deshalb wird auch darauf verzichtet, die Varianten des Textes gegenüber anderen Fassungen akribisch zu verzeichnen; nur die wichtigsten sollen in einer Anmerkung notiert werden.[14]

Während Erläuterungen zu den weitgehend für sich selbst sprechenden Illustrationen des Bandes an dieser Stelle entbehrlich erscheinen,[15] mag es angebracht sein, noch ein Wort zum letzten Text zu sagen: Er befindet sich auf der Rückseite des letzten Kartons, auf den vorher ein Blatt mit arabischem

13 Über die Eingriffe von Ernst Ginsberg und Friedhelm Kemp vgl. meinen Aufsatz: »Else Lasker-Schülers *Hebräische Balladen* — auch für die asiatische Prinzessin Leila«, in: *Zeit der Moderne. Zur deutschen Literatur von der Jahrhundertwende bis zur Gegenwart*, hrsg. von Hans-Henrik Krummacher, Fritz Martini und Walter Müller-Seidel, Stuttgart 1984, S. 363-375, bes. S. 367 f.

14 Im Gedicht »Saul« sind die Verse 3 (»Die Klageweiber treiben hoch und heulen«) und 6 (»Die Katzen schleichen scheu um rissige Säulen«) für die zweite Auflage der *Gesammelten Gedichte* (1919) vertauscht worden; bei dieser Umstellung blieb es in den späteren Drucken. — Die Wendung »der wilden Juden Josua« in Vers 2 von »Moses und Josua« findet sich auch im Erstdruck der *Hebräischen Balladen*; in der zweiten Auflage und in den Drucken der *Gesammelten Gedichte* heißt es »den wilden Juden Josua«. — Das Gedicht »Im Anfang« weist in der vorliegenden Fassung gegenüber den früheren Drucken (in *Styx* und in der zweiten Auflage der *Hebräischen Balladen*) eine Variante auf, die sich auch in den beiden Drucken von 1920 (nicht aber in den Drucken von 1917 und 1919) findet: »Naschte Goldstaub der Sonnenmama« lautet Vers 8 in den früheren Drucken, nun: »Naschte Sonne der Goldmama«. Die Variante geht also offenbar nicht auf ein Versehen zurück, es könnte vielmehr einem Versehen zuzuschreiben sein, daß sie für die beiden folgenden Ausgaben der *Hebräischen Balladen* noch nicht berücksichtigt wurde.

15 Zu den in die Handschrift eingeklebten Zeichnungen, die, wie so oft bei Else Lasker-Schüler, der wechselseitigen Erhellung von Bild und Text gelten, vgl. Else Lasker-Schüler, *Werke und Briefe*. Kritische Ausgabe, Bd. 1.2, S. 8 f.

Text geklebt war, ein Blatt, das vor der Niederschrift zum großen Teil (links und in der Mitte) abgerissen worden ist, so daß sich das Geschriebene zum größeren Teil auf dem Karton, zum geringeren Teil auf den Resten des Blattes befindet. Der Text ist sicher nicht als Gedicht anzusehen und schon gar nicht als letztes der *Hebräischen Balladen*. Er lautet:

Leila
So habe ich dich genannt in
Theben, so sagen alle meine bunten
Menschen in meiner Stadt, wenn
sie ehrehbietig von dir reden.
Freut dich das??
Ja, du bist die einzige, wahre lebende
Prinzessin im Lande und gleichst
meinen Schwestern darum liebe ich
dich

Jussuf

Dieses uralte Buch sah ich in einer
Bibliothek und *raubte* es heute Nacht
mit der Gefahr meines Lebens

Die Zeilen führen in den Theben-Traum der Dichterin, in die Realität ihrer Jussuf-Existenz. Leila – das kann als Umschrift des hebräischen Wortes für »Nacht« gelten; doch wird auch Laios, der mythische König von Theben, geholfen haben, daß Lucie von Goldschmidt-Rothschild einen neuen Namen erhielt. Diese erscheint in jedem Fall als eine Schwester Ruths, die dem auserwählten Volk zum Segen wurde, als sie durch die Kraft ihrer Liebe zu ihm gelangte.

Der sonderbare Schlußsatz des Bandes bezieht sich gewiß nicht auf die *Hebräischen Balladen*, sondern auf das Buch, aus dem das abgerissene Blatt mit den arabischen Wörtern und Wortfragmenten (wie »atarahunna«, »a ru usi kathi«, »hamal nahu«, »wa fi' chali, ila«, »at kulla man la-« u. a.) stammte. Es handelt sich um Teile eines arabischen Textes in nicht ganz korrekter europäischer Umschrift, möglicherweise um Partikel aus einem religiösen

Buch.[16] In diesem Fall wäre eine genaue Beziehung des »geraubten« Buches und der *Hebräischen Balladen* sehr wohl denkbar: Else Lasker-Schüler, die vielleicht nicht, wie Gottfried Benn glaubte (oder wenigstens befand), »die größte Lyrikerin, die Deutschland je hatte«,[17] gewesen ist, aber sicher eine große, hätte ihre Dichtung als in Mythologie transponierte Geschichte dem Raum und der Zeit menschlicher Zufälle entziehen wollen; eine wahrhaft lebensgefährliche Unternehmung, die das Schicksal der Dichterin, vorher und nachher, geprägt hat.

16 Die Entzifferung der Wörter, deren Erklärung sowie die Anregung zur Identifizierung des Buches verdanke ich meinem Kollegen Stefan Wild, Professor für Semitische Philologie und Islamwissenschaft an der Universität Bonn.

17 Gottfried Benn, *Gesammelte Werke*, Bd. 4, S. 1002.